RODOLFO, el castor

Arturo A. Gómez

Primera edición: agosto 2023
©Arturo A. Gómez, 2023

Comunidad:

www.arturoagomez.com
https://www.facebook.com/arturogomezescritor
https://www.instagram.com/arturoa.gomez/
correo: escritor@arturoagomez.com

RODOLFO, el castor

Arturo A. Gómez

Había una vez, en unas lejanas y montañosas tierras, un castor llamado Rodolfo.

Rodolfo era un joven muy trabajador. Había creado una bonita familia con su pareja, Lemina, con la que compartía cuatro preciosos castorcillos; dos machos y dos hembras.

Lemina y Rodolfo habían construido su precioso hogar formando un dique a un margen del cauce de un caudaloso río, muy cerca de su nacimiento. Pero no eran los únicos castores de la zona. El lugar era un paraíso lleno de pesca, árboles frutales y con un clima fantástico. El sitio perfecto para crecer y formar una familia.

Y así es como Rodolfo, su familia y sus vecinos y amigos castores veían pasar los meses, las estaciones y los años, uno tras de otro, en armonía y felicidad.

Sin embargo, un día ocurrió algo terrible que vino a trastocar la tranquilidad a la que los castores estaban acostumbrados.

De repente, un fuerte sonido, como el del trueno que precede al rayo, puso en alerta a Rodolfo y sus vecinos. El suelo comenzó a temblar con fuerza y las ondas en el agua provocaron que muchos de los diques construidos con gran trabajo por los castores, sufrieran severos daños.

De entre los árboles que lindaban con el curso del río, comenzaron a aparecer gigantescas máquinas humanas pilotadas por hombres rudos y despiadados. Su objetivo, deforestar el bello paraíso en el que habitaban los castores para construir allí una fábrica.

Y así fue como Rodolfo y su familia fueron desplazados del hogar que habitaron varias generaciones de castores y de un soplo, se encontraron solos, sin un lugar donde cobijarse y expuestos a la intemperie y los depredadores.

Pero como quiera que los castores son animales luchadores, muy trabajadores y que jamás se dan por vencidos, crearon un consejo de sabios, entre los que se encontraba Rodolfo. Su objetivo era buscar una solución para su grave problema.

—¿Qué vamos a hacer ahora? —dijo Raúl, el más joven de los castores del consejo. Era un buen amigo de Rodolfo, fuerte y valiente, aunque muy impulsivo.

—Creo que deberíamos pensar en construir nuestro hogar río abajo —sugirió Florencio, el más anciano de los miembros del consejo.

—Pero no podemos hacer eso —corrigió Rodolfo—. Río abajo viven muchas otras familias de castores. Jamás podríamos desplazarlos de su hogar para recuperar el nuestro. Eso sería una crueldad.

—¿Y qué podemos entonces hacer? —preguntó Raúl—. O hacemos lo que propone Florencio o echamos a esos humanos de nuestras tierras.

—¡Eso jamás podríamos hacerlo! —gruñó Florencio—. Los humanos son muy grandes y fuertes y, además, poseen esas pesadas e indestructibles máquinas. No podríamos luchar contra ellos.

Un inoportuno silencio se apoderó del consejo de sabios. Se habían quedado sin ideas y nadie se atrevía a sugerir nada, por descabellado que pudiera parecer, hasta que Rodolfo, intervino valientemente.

—Escuchadme, he tenido una idea. Tal vez lo que propone Raúl no sea tan mala idea.

—¿Te refieres a echar de nuestras tierras a los humanos? —preguntó Florencio.

—¡Exacto! —contestó Rodolfo.

—Pero ¿cómo podríamos hacerlo?

Rodolfo se sintió satisfecho de haber creado tanta expectación. Los demás miembros del consejo permanecían atentos a las palabras que saldrían de su boca.

—¿Recordáis la leyenda del castor gigante que habitaba estas tierras hace décadas? —preguntó Rodolfo—. Gracias a ella, nuestros antepasados se deshicieron de los humanos que los cazaban para utilizar sus pieles como abrigos. Tal vez podríamos recurrir de nuevo a la leyenda.

—¡QUÉ FANTÁSTICA IDEA! —bramó Florencio.

El consejo de castores, entusiasmados por la sugerencia de Rodolfo, dibujaron un plan y se pusieron manos a la obra el día siguiente a la reunión.

Y así fue cómo, gracias a la sugerencia de Rodolfo, los castores se pusieron a trabajar duramente durante días... Lo primero que hicieron, fue construir un hogar provisional para sus familias y después, durante siete largos días y siete largas noches, trabajaron sin descanso en la construcción de una escultura gigante a base de palos de madera. Los castores eran todos ellos expertos constructores y aprovecharon como materia prima los trozos de madera que flotaban sin rumbo a lo largo del curso del río y que provenían de los diques que los humanos habían destrozado.

Pasados los siete días, habían construido una figura que representaba a un furioso castor gigante y que utilizarían contra los humanos. La siguiente parte del plan consistía en sembrar el pánico entre los humanos. Así es que Rodolfo y unos pocos y valientes castores jóvenes más, se adentraron en el campamento de los hombres durante la noche del octavo día. Mientras los humanos dormían, causarían con sigilo el mayor de los destrozos posible, para que cuando despertaran, comprobaran que una criatura desconocida había saqueado su lugar de descanso.

La tarea fue muy dura. Rodolfo y sus amigos estaban muy cansados. Llevaban siete días trabajando sin descanso y ahora les había tocado pasar en vela una noche más. Pero eso a ellos no les importaba. Había demasiado en juego y no era el momento para pensar en uno mismo, sino en sus familias y en el bien común. Y así fue como destrozaron tiendas de campaña, saquearon sacos de suministros, pincharon los bidones de agua de los trabajadores y hasta escarbaron con sus afilados dientes profundos surcos en el suelo y en las cortezas de los árboles. Con esta última treta, pretendían engañar a los humanos, haciéndoles ver que un animal mucho más grande que ellos había asaltado su campamento...

Al día siguiente, cuando los humanos despertaron sintieron pánico. Todos ellos recordaban las viejas historias que sus ancianos abuelos les relataban cuando eran niños sobre la leyenda de los castores gigantes que habitaban aquel lugar.

Sin embargo, el jefe de los humanos, que era un tipo duro y malencarado, obligó a sus empleados a quedarse allí y continuar con las obras durante todo el día, a pesar de lo asustados que todos ellos estaban.

Rodolfo y sus amigos, ya contaban con ello, así que no se preocuparon. Sabían que la jugada maestra llegaría aquella misma noche.

Los castores, se pasaron el resto del día dando los últimos retoques al castor gigante, hecho con las maderas de los que habían sido los trozos de madera con los que habían formado sus diques.

Cuando anocheció, al fin su obra quedó del todo rematada y con gran trabajo, la montaron sobre una balsa y la empujaron río arriba, hacia la zona en donde ya dormían los humanos.
Utilizando delgados y alargados troncos de árboles jóvenes, los castores trasladaron la enorme y pesada escultura de madera del castor gigante hasta el campamento de los hombres. Y así fue como en mitad de la noche...

Rodolfo fue el encargado de prender el fuego delante de la estatua del castor gigante. La luz de las llamas se reflejaba sobre las caprichosas formas del rostro del castor de madera y la claridad hizo que la mayor parte de los humanos se despertara, dando la voz de alarma...

Cuando el primer grupo de hombres vio el castor, muchos de ellos sintieron tanto miedo que se hicieron pis encima y salieron corriendo como si el mismísimo hombre del saco los estuviera persiguiendo. El resto, vio salir a sus amigos en estampida y se acercó a ver lo que había ocurrido.

Cuando vieron al castor gigante, hicieron lo mismo que sus compañeros y huyeron... y hasta el feroz y despiadado capataz de las obras, salió corriendo como un conejillo asustado, dejando atrás sus máquinas y demás objetos de humanos que quedaron abandonados...

Y ¿a qué no sabéis con qué construyeron sus nuevos hogares los castores, después de haber logrado su objetivo de hacer huir a los humanos de sus tierras?
¡EXACTO!

Rodolfo y sus amigos construyeron sus nuevos diques con los restos de madera del castor gigante, que no habían resultado pasto de las llamas... y, además, los reforzaron con todos los objetos que los humanos habían dejado abandonados; sacos, mantas, tiendas de campaña, herramientas, cubos y muchísimas cosas más.

Utilizando la inteligencia y trabajando muy duro, Rodolfo y sus vecinos lograron hacer algo que parecía imposible y derrotar a un enemigo mucho mayor y poderoso que ellos.
Y así fue como Rodolfo y su familia, recuperaron su hogar y fueron felices para siempre.

Y colorín colorado, este cuento se ha acabado.

FIN

fotos de mi mascota

fotos de mi mascota

Dibuja a RODOLFO

Dibuja a RODOLFO

Dibujo libre

Dibujo libre

Dibujo libre

Dibujo libre

Dibujo libre

Dibujo libre

Otros libros de Arturo A. Gómez

SAGA DE LIBROS
GRATIS CON:

kindle
unlimited

"HERMANOS FAVRE"

amazon

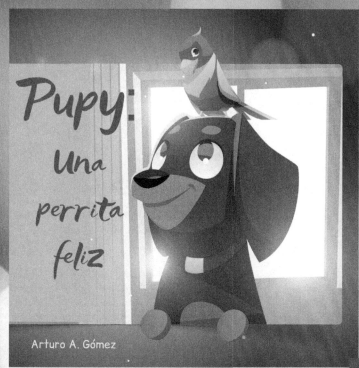

Pupy: Una perrita feliz

Arturo A. Gómez

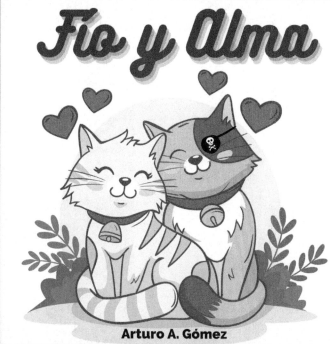

Fío y Alma

Arturo A. Gómez

BRU un oso panda gruñón

Arturo A. Gómez

ENRIQUETA

Arturo A. Gómez

¡HOLA!

LA CERDITA COQUETA

MAS LIBROS DE ARTURO A. GÓMEZ

DIARIO DE FITO EL DINOSAURIO (1)

arturo a. gómez

DIARIO DE FITO EL DINOSAURIO (2)

En busca del diamante perdido

arturo a. gómez

DIARIO DE FITO EL DINOSAURIO (3)

El secreto de la casa embrujada

arturo a. gómez

DIARIO DE FITO EL DINOSAURIO (4)

Misión: Salvar la Tierra

arturo a. gómez

MAS
LIBROS
DE
ARTURO
A. GÓMEZ

El
calendario
mágico de
adviento

ARTURO A. GÓMEZ

MAS LIBROS DE ARTURO A. GÓMEZ

El calendario mágico de adviento - 2

ARTURO A. GÓMEZ

MAS LIBROS DE ARTURO A. GÓMEZ

DE FÚTBOL, PORCOS, PEDRAS E OUTROS CONTOS

(NA PONTEVEDRA DO ANO 1956)

ARTURO A. GÓMEZ

COMPARTE TU EXPERIENCIA

Pide a tu mamá o tu papá que lean este código QR con su teléfono móvil. En él está la página web del autor de la historia, en donde podrás encontrar más cuentos y otros libros.

Printed in Great Britain
by Amazon

29579025R00044